Yvain ou le Chevalier au lion

FichesdeLecture.com

Yvain ou le Chevalier au lion (Fiche de lecture)

I. INTRODUCTION

Yvain ou Le Chevalier au Lion est ce que l'on nomme traditionnellement un roman de chevalerie. Bien que les œuvres médiévales n'aient « pas d'auteur » - puisque d'une part cette notion d'auteur n'existait pas et que d'autre part, l'œuvre médiévale est considérée comme une œuvre ouverte, laissant libre cours à l'imagination des copistes - les médiévistes s'accordent, selon les attestations manuscrites, à présenter ce roman comme l'œuvre de Chrétien de Troyes. Ce dernier est d'ailleurs considéré comme l'un des premiers romanciers en langue vulgaire et surtout l'un des premiers à travailler la « matière de Bretagne », et à poser les bases d'une littérature française tout juste naissante.

Ce roman n'est pas tout à fait un roman tel que nous nous le représentons à l'heure actuelle. En effet, lorsque la langue française en était encore à ses balbutiements, les premiers récits n'étaient pas en prose (aspect formel qui définit un texte rédigé de manière continue), mais en vers. D'un point de vue narratif, les premiers romans français sont ce que l'on nomme des « chansons de gestes ». La Chanson de geste est un récit versifié (ou long poème) composé, dans le cas du roman étudié, en octosyllabes regroupés en laisses (longues strophes). Le terme geste, issu du latin « gesta » est à comprendre comme « action d'éclat accomplie ». Une chanson de geste est donc caractérisée d'une part par son aspect formel, d'autre part par son contenu : il s'agit de narrer les exploits guerriers de chevaliers ou de rois, sur fond légendaire et sur un ton héroïque. Telle est la structure et le contenu d'*Yvain ou Le Chevalier au Lion*.

Sa rédaction peut être datée entre 1177 et 1181, et il fut probablement écrit à la cour de Marie de Champagne en alternance avec un autre roman du même auteur, *Lancelot ou le Chevalier de la Charrette*.

II. RÉSUMÉ DE L'ŒUVRE

Le récit commence à la cour du Roi Arthur à l'époque de la Pentecôte. Un chevalier nommé Calogrenant, le cousin d'Yvain, raconte devant l'assemblée du roi Arthur et de la reine Guenièvre, l'échec qu'il a subi au cours d'une aventure merveilleuse. Sept ans plus tôt, il avait été hébergé dans un château avant de rencontrer un vilain hideux qui lui avait indiqué le chemin vers une fontaine magique. Cette fontaine, c'est la Fontaine au pin, dont l'eau glacée bouillonne. Le vilain lui avait enseigné que quiconque renverserait de l'eau sur son perron déclencherait la pluie et la venue d'un chevalier noir défenseur de la fontaine. C'est ainsi que Calogrenant renversa de l'eau de la fontaine sur son perron et un chevalier, Esclados le Roux apparut. Confrontés au duel, ils combattirent jusqu'à ce que ce chevalier soit déclaré vainqueur. Il raconte également la fascination et la joie qu'il a éprouvé à la vue de cette fontaine magique et mystérieuse.

Yvain qui était alors présent dans la salle, attiré lui aussi par cette épreuve qu'offre la fontaine et désireux de venger l'échec de son cousin, s'éclipse à pas de velours de la cour du roi et décide de partir dans la forêt de Brocéliande. Repassant sur les traces de Calogrenant, il arrive à ladite fontaine, en jette l'eau sur la pierre, déclenche l'orage et les foudres du ciel puis, une fois le beau temps revenu et s'étant imprégné du chant des oiseaux et de la nature apaisée, il se prépare à affronter Esclados le Roux. Au cours de l'affrontement, ce dernier, touché à mort par Yvain s'enfuit vers son château. Yvain le poursuit et se retrouve enfermé dans le château.

Au château, les serviteurs s'activent pour retrouver Yvain et l'achever. Mais grâce à l'aide bienveillante de Lunete, la suivante de la dame du château, il parvient à leur échapper. En effet, celle-ci lui a remis un anneau magique qui lui permet de devenir invisible. Par ce pouvoir, il peut contempler à loisir la veuve du château, Laudine, dont l'époux Esclados, vient d'être abattu par Yvain. Tombé fou amoureux de la châtelaine, Yvain n'a plus d'autre quête que d'obtenir son amour. Pour cela, le valeureux chevalier a une alliée de taille au château. En Effet, Lunete persuade sa maîtresse de se remarier et de redonner ainsi un digne protecteur à la Fontaine. Et qui ne pourrait mieux la défendre que celui qui triompha de son défunt mari ? Séduite et convaincue par la proposition de sa servante, Laudine s'assure de l'amour que lui porte Yvain et du bon service qu'il lui rendra en lui accordant un entretien. Trois jours plus tard, les noces furent conclues. Le roi Arthur et sa cour sont conviés à la fête, et reconnaissant que le marié n'est autre qu'Yvain, ils festoient en grande pompe. Gauvain qui est également présent persuade le nouveau seigneur de repartir à l'aventure : en effet, il ne doit pas cesser d'accomplir des prouesses pour garantir son honneur de chevalier. Laudine accepte à condition que son mari soit de retour au bout d'un an et d'un jour. Avant de partir, elle lui remet un anneau pour lui porter chance.

Yvain et Gauvain sillonnent les contrées et, de tournoi en tournoi, Yvain oublie sa promesse. Laudine envoie une messagère auprès d'Yvain pour lui apprendre qu'il vient de perdre son épouse et pour lui reprendre l'anneau protecteur. Déchiré par la douleur, le chevalier se retire dans les bois et y restera en errance et en souffrance durant plusieurs mois. Il sombre dans la folie. L'intervention d'un ermite rencontré par hasard ne suffira pas à calmer son comportement de bête sauvage. Lunete, l'ayant un jour aperçu lui remet un onguent magique qui lui permettra de retrouver force et raison.

Bientôt, Yvain eut l'occasion de lui rendre service en retour et l'aida dans son combat contre le comte Alier. Reparti à l'aventure, il porta secours à un lion combattant contre un serpent cracheur de flammes. Reconnaissant, le lion se prend d'amitié pour le jeune chevalier et l'accompagne au cours de ses déplacements. Devenus « inséparables », c'est sous le nouveau nom de « Chevalier au Lion » qu'Yvain se fera désormais connaître.

Un jour, il revient par hasard sur les lieux où se trouve la Fontaine et entend les plaintes d'une femme. Il s'agit de Lunete, accusée d'avoir trahi sa maîtresse en la faisant épouser Yvain. Enfermée dans une tour, elle est condamnée au bûcher. Ne pouvant ne pas porter secours à celle qui l'eut jadis aidé, il promit de l'aider. Mais avant de lui porter secours, il rencontre sur sa route un nouvel obstacle : la famille de Gauvain est aux prises avec le géant Harpin, et Yvain, secondé par son lion, les tire de cette mauvaise passe en tuant le géant. Il sauve ensuite Lunete non sans peine, car à combat inégal à un chevalier contre trois. Il retourne ensuite au château de Laudine qui, sous le nouveau nom qu'il porte et sous sa nouvelle apparence, ne le reconnaît pas. Il mène un nouveau combat pour libérer les captives du château de « Persme Aventure » puis s'engage auprès du roi Arthur et de sa cour pour secourir une jeune fille menacée d'être déshéritée par sa sœur aînée. À la cour, Yvain et Gauvain se livrent une lutte sans merci et combattent en duel. Gauvain, secrètement, espère gagner la sœur aînée. L'affrontement est rude et indécis jusqu'au moment où les deux compagnons se reconnaissent. La lutte est abandonnée, forçant ainsi le roi à rendre partiellement justice à la sœur cadette.

Yvain, de nouveau tourmenté par son amour perdu, se rend une ultime fois à la Fontaine et déclenche à nouveau la tempête. Il sera aidé par la rusée Lunete qui, à force de persuasion et de manipulation, réussit à convaincre Laudine de recevoir Yvain au cours d'un entretien. Femme aimante et lui pardonnant ses erreurs passées, elle lui assure son amour et les deux amants peuvent à nouveau vivre en harmonie et laisser parler leur amour.

III. PRÉSENTATION DES PERSONNAGES PRINCIPAUX

Sera dressé ici un portrait des personnages principaux du roman. Ces personnages répondent à un schéma type du roman arthurien et sont le plus souvent des personnages stéréotypés, figures qui se font échos dans tous les romans de Chrétien de Troyes. Point important à souligner également dans la construction du personnel actanciel médiéval : l'aspect physique. À de rares exceptions près, chevaliers, dames, demoiselles adjudantes sont des personnages au bel, voire remarquable aspect physique. Par contre, les personnalités méchantes, peu aisées ou endossant une fonction sociale peu gratifiante seront plus volontiers décrits comme laids, hideux, ou gauches et grossiers.

Yvain

Héros du roman, il représente l'archétype du chevalier. Sa beauté, sa loyauté et son amour envers son épouse ne font aucun doute. Il est celui qui, tout au long du roman, devra se battre, d'épreuve en épreuve pour démontrer son honneur de chevalier.

Adjuvants et opposants

Dans cette catégorie nous retrouvons des personnages qui constituent soit une aide, soit un obstacle à la résolution, par exemple, d'une épreuve. Dans la catégorie des personnages adjuvants nous pouvons classer Lunete, dont l'ingéniosité permettra par deux fois à Yvain de gagner l'amour de sa dame. C'est elle également qui lui offrira l'onguent guérisseur. Un autre adjuvant, un peu plus discret, est l'ermite qui apaisa légèrement les peines du chevalier.

Les personnages opposants sont ceux qui font barrage aux bonnes actions du héros. Nous pouvons citer ici Esclados le Roux, redoutable gardien de la Fontaine. Bien qu'il soit considéré comme un opposant, sa position dans le roman reste ambiguë : s'il constitue un obstacle, il est aussi celui qui, par son décès, mènera Yvain à la réussite d'une épreuve gratifiante et lui apportera l'amour de sa dame. Le monstrueux géant Harpin constitue également un obstacle dans la progression des aventures du héros.

Les personnages fugaces

Cette catégorie regroupe des personnages « de passage » dans le roman, souvent alliés du héros. Il peut s'agir d'une demoiselle en détresse à qui le héros portera secours, d'une demoiselle indiquant le chemin à suivre, d'un messager ou d'une messagère.

IV. AXES DE LECTURE

Un roman chevaleresque conventionnel

Au Moyen-âge, chaque roman de type chevaleresque suivait une trame commune. Généralement, le roman s'ouvre sur la cour du roi Arthur, lieu dans lequel va se dérouler un évènement qui poussera un chevalier à partir à l'aventure. Ce chevalier est, au début du roman porteur d'un simple prénom. Il part donc à l'aventure en général seul, et, après avoir réussi une épreuve qu'aucun chevalier n'a encore pu accomplir, il va gagner l'amour d'une dame, de manière différente selon les situations. Mais l'amour de cette dame n'est jamais définitif, et le héros doit continuer à accomplir des exploits pour augmenter son honneur. Généralement, le héros perd l'amour de sa dame et doit subir d'autres épreuves avant de pouvoir le retrouver. Une autre composante essentielle du roman chevaleresque est l'attribution d'un nom précis. Dans le cas d'Yvain, après avoir sauvé le lion, il sera désormais appelé « Le Chevalier au lion », signe distinctif qui le démarque des autres chevaliers de la cour. Le roman se termine généralement par un mariage ou une situation sentimentale épanouie. Bien entendu, le personnel actantiel de tout le roman joue un rôle déterminant dans ce qui doit être une « élévation du chevalier vers la maturité ».

Un héros divisé entre amour et prouesse

Chrétien confronte son personnage à un choix difficile : garder l'amour en sécurité ou repartir à l'aventure pour affirmer son honneur. Si l'auteur pose un choix, c'est que ce choix est bénéfique. Yvain décide de repartir en compagnie de Gauvain, mais, n'ayant pas tenu sa promesse, il perd momentanément l'amour de sa dame et sombre dans la folie. C'est que, tant pour l'épanouissement de l'amour que pour la démonstration de la prouesse, le chevalier doit évoluer. L'épreuve de la folie que traverse Yvain n'est autre qu'une période difficile qui le conduira à plus de sagesse et plus de maturité. Cette épreuve signifie également la nécessité de fixer des règles strictes, en amour comme dans l'exercice de la prouesse. C'est à ce prix seulement que pourront s'équilibrer amour et prouesse, mais aussi individu et société ou homme et femme.

Le symbole du lion

L'adoption du lion par Yvain après une épreuve souligne une nouvelle dimension de la prouesse du héros : celle de sa force physique que symbolise le Lion. Plus que ça, la prouesse va permettre au chevalier de se ranger du côté des opprimés, des « domestiqués ». Devenu « le chevalier au lion », Yvain expie ses fautes antérieures et devient le héros et le champion aimé des dames et demoiselles en détresse qui l'appellent à leur secours.

Destin français de l'histoire d'Yvain ou le chevalier au Lion

Une bonne vingtaine d'années après sa diffusion, le roman fut l'objet de diverses adaptations dans des pays étrangers. En France, le destin de ce chevalier se borne presque aux dernières pages écrites par Chrétien de Troyes. Yvain ne fera que de très courtes apparitions dans des romans ultérieurs, et c'est surtout sa parfaite courtoisie qui sera louée. En revanche, quelques lieux ou motifs du roman trouveront écho un peu plus tard chez d'autres romanciers. Le motif de La Fontaine au Pin deviendra la Fontaine Amoureuse chez Guillaume de Machaut ou sera réutilisé dans le Roman de la rose.

Dans la même collection en numérique

Les Misérables
Le messager d'Athènes
Candide
L'Etranger
Rhinocéros
Antigone
Le père Goriot
La Peste
Balzac et la petite tailleuse chinoise
Le Roi Arthur
L'Avare
Pierre et Jean
L'Homme qui a séduit le soleil
Alcools
L'Affaire Caïus
La gloire de mon père
L'Ordinatueur
Le médecin malgré lui
La rivière à l'envers - Tomek
Le Journal d'Anne Frank
Le monde perdu
Le royaume de Kensuké
Un Sac De Billes
Baby-sitter blues
Le fantôme de maître Guillemin
Trois contes
Kamo, l'agence Babel
Le Garçon en pyjama rayé
Les Contemplations

Escadrille 80

Inconnu à cette adresse

La controverse de Valladolid

Les Vilains petits canards

Une partie de campagne

Cahier d'un retour au pays natal

Dora Bruder

L'Enfant et la rivière

Moderato Cantabile

Alice au pays des merveilles

Le faucon déniché

Une vie

Chronique des Indiens Guayaki

Je voudrais que quelqu'un m'attende quelque part

La nuit de Valognes

Œdipe

Disparition Programmée

Education européenne

L'auberge rouge

L'Illiade

Le voyage de Monsieur Perrichon

Lucrèce Borgia

Paul et Virginie

Ursule Mirouët

Discours sur les fondements de l'inégalité

L'adversaire

La petite Fadette

La prochaine fois

Le blé en herbe

Le Mystère de la Chambre Jaune

Les Hauts des Hurlevent

Les perses

Mondo et autres histoires

Vingt mille lieues sous les mers

99 francs

Arria Marcella

Chante Luna

Emile, ou de l'éducation
Histoires extraordinaires
L'homme invisible
La bibliothécaire
La cicatrice
La croix des pauvres
La fille du capitaine
Le Crime de l'Orient-Express
Le Faucon malté
Le hussard sur le toit
Le Livre dont vous êtes la victime
Les cinq écus de Bretagne
No pasarán, le jeu
Quand j'avais cinq ans je m'ai tué
Si tu veux être mon amie
Tristan et Iseult
Une bouteille dans la mer de Gaza
Cent ans de solitude
Contes à l'envers
Contes et nouvelles en vers
Dalva
Jean de Florette
L'homme qui voulait être heureux
L'île mystérieuse
La Dame aux camélias
La petite sirène
La planète des singes
La Religieuse
1984 A l'Ouest rien de nouveau
Aliocha
Andromaque
Au bonheur des dames
Bel ami
Bérénice
Caligula
Cannibale
Carmen

Chronique d'une mort annoncée

Contes des frères Grimm

Cyrano de Bergerac

Des souris et des hommes

Deux ans de vacances

Dom Juan

Electre

En attendant Godot

Enfance

Eugénie Grandet

Fahrenheit 451

Fin de partie

Frankenstein

Gargantua

Germinal

Hamlet

Horace

Huis Clos

Jacques le fataliste

Jane Eyre

Knock

L'homme qui rit

La Bête humaine

La Cantatrice Chauve

La chartreuse de Parme

La cousine Bette

La Curée

La Farce de Maitre Pathelin

La ferme des animaux

La guerre de Troie n'aura pas lieu

La leçon

La Machine Infernale

La métamorphose

La mort du roi Tsongor

La nuit des temps

La nuit du renard

La Parure

La peau de chagrin

La Petite Fille de Monsieur Linh

La Photo qui tue

La Plage d'Ostende

La princesse de Clèves

La promesse de l'aube

La Vénus d'Ille

La vie devant soi

L'alchimiste

L'Amant

L'Ami retrouvé

L'appel de la forêt

L'assassin habite au 21

L'assommoir

L'attentat

L'attrape-coeurs

Le Bal

Le Barbier de Séville

Le Bourgeois Gentilhomme

Le Capitaine Fracasse

Le chat noir

Le chien des Baskerville

Le Cid

Le Colonel Chabert

Le Comte de Monte-Cristo

Le dernier jour d'un condamné

Le diable au corps

Le Grand Meaulnes

Le Grand Troupeau

Le Horla

Le jeu de l'amour et du hasard

Le Joueur d'échecs

Le Lion

Le liseur

Le malade imaginaire

Le Mariage de Figaro

Le meilleur des mondes

Le Monde comme il va

Le Parfum

Le Passeur

Le Petit Prince

Le pianiste

Le Prince

Le Roman de la momie

Le Roman de Renart

Le Rouge et le Noir

Le Soleil des Scortas

Le Tartuffe

Le vieux qui lisait des romans d'amour

L'Ecole des Femmes

L'Ecume Des Jours

Les Bonnes

Les Caprices de Marianne

Les cerfs-volants de Kaboul

Les contes de la Bécasse

Les dix petits nègres

Les femmes savantes

Les fourberies de Scapin

Les Justes

Les Lettres Persanes

Les liaisons dangereuses

Les Métamorphoses

Les Mouches

Les Trois mousquetaires

L'étrange cas du Dr Jekyll et de Mr Hyde

L'Ile Au Trésor

L'île des esclaves

L'illusion comique

L'Ingénu

L'Odyssée

L'Ombre du vent

Lorenzaccio

Madame Bovary

Manon Lescaut

Micromégas

Mon ami Frédéric

Mon bel oranger

Nana

Ne tirez pas sur l'oiseau moqueur

Notre-Dame de Paris

Oliver twist

On ne badine pas avec l'amour

Oscar et la dame rose

Pantagruel

Le Misanthrope

Perceval ou le conte du Graal

Phèdre

Ravage

Roméo et Juliette

Ruy Blas

Sa Majesté des Mouches

Si c'est un homme

Stupeur et tremblements

Supplément au voyage de Bougainville

Tanguy

Thérèse Desqueyroux

Thérèse Raquin

Ubu Roi

Un Barrage contre le Pacifique

Un long dimanche de fiançailles

Un secret

Vendredi ou la vie sauvage

Vipère au poing

Voyage au bout de la nuit

Voyage au centre de la terre

Yvain ou le Chevalier au lion

Zadig

À propos de la collection

La série FichesdeLecture.com offre des contenus éducatifs aux étudiants et aux professeurs tels que : des résumés, des analyses littéraires, des questionnaires et des commentaires sur la littérature moderne et classique. Nos documents sont prévus comme des compléments à la lecture des oeuvres originales et aide les étudiants à comprendre la littérature.

Fondé en 2001, notre site FichesdeLectures.com s'est développé très rapidement et propose désormais plus de 2500 documents directement téléchargeables en ligne, devenant ainsi le premier site d'analyses littéraires en ligne de langue française.

FichesdeLecture est partenaire du Ministère de l'Education du Luxembourg depuis 2009.

Plus d'informations sur www.fichesdelecture.com

ISBN: 978-2-511-02790-5

Notes :